Valie Ramm

KOPF:INNEN

Bibliografische Information der Deutschen Nationalbibliothek:
Die Deutsche Nationalbibliothek verzeichnet diese Publikation
in der Deutschen Nationalbibliografie; detaillierte bibliografische Daten sind im Internet über dnb.dnb.de abrufbar.

Herstellung und Verlag: BoD – Books on Demand, Norderstedt

ISBN 9783756851409

Die Welt sollte sich umgestalten
Und ihre Sorgen für sich behalten

HILDEGARD KNEF in „Für mich soll's rote Rosen regnen"

Jetzt malt er wieder. Jede Nacht Öl auf Leinwand. Grüntöne, nur einmal das Meer, mit tosenden Wellen und Schaumkronen. Das Meer ist schwer zu malen, überhaupt Wasser, sagt er. Es riecht nach Ölfarben und Terpentin. Alte weiße Lappen, jetzt grau und braun.

Ab und zu verkauft er ein Bild, dann teilen sie sich eine Currywurst an der Bude am Rathaus Neukölln und er fragt, ob sie etwas trinken möchte. Sie nimmt eine Bluna und darf die ganze Flasche alleine austrinken. Es ist kalt und dunkel. Sie gehen zu Hertie in der Karl-Marx-Straße und sehen sich die Schaufenster an, die jetzt für Weihnachten geschmückt sind. Stoffaffen mit Rasseln. Ein Karussell für Puppen und Teddybären. Puppen in rosa Kleidchen, Babypuppen und Puppen mit blonden Locken. Sie liegen in rosa Bettchen, sitzen auf Schaukeln und werden von einer unsichtbaren Hand bewegt. Die Schaufenster sehen schön aus. Eine Eisenbahn fährt durch eine Winterlandschaft. Drei Puppen fahren Schlittschuh auf einem zugefrorenen See. Sie haben dicke Pullover, Mützen und Handschuhe an, die zusammenpassen. Dann malt er wieder. Der Himmel ist nicht zu sehen.

Als Marie mit Veras Geschwistern in die Wohnung gegenüber gezogen ist, wollte Vera bei ihm bleiben. Sie hätte es ungerecht gefunden, ihn in der großen Wohnung alleine zu lassen. Die Wohnung ist fast leer, aber das stört sie nicht. Im Gegenteil. Sie hat sich schon immer ein eigenes Zimmer gewünscht. Aber auch als sie älter ist, darf sie keine Poster aufhängen. Wir beten keine Menschen an, sagen beide, ihre Mutter und ihr Vater. Als sie es doch einmal versucht, ist das Poster am nächsten Tag verschwunden. Sie sprechen nie darüber. Sie weiß, dass ihre Eltern keine Poster von Menschen an den Wänden sehen wollen.

Ihre ältere Schwester bringt mittags etwas Warmes in einem Behälter aus Blech. Veras Mutter, Marie, kocht weiter für sie mit. Marie ist nicht böse auf Vera. Aber sie hat ihre Tochter sehr ernst angeschaut. Vera konnte sehen, dass ihre Mutter sich Sorgen macht.

Heute gibt es Linseneintopf. In dem Blechbehälter ist auch ein Würstchen. Vera schneidet es in dünne Scheiben und hebt die Hälfte für ihn auf. Sie hat ihn so lieb.

Eines Tages wird sie in einen Zug gesetzt, zusammen mit anderen Kindern. Es ist Winter. Sie müssen sich auf den Boden legen und schlafen. Sie hat ein braunes Mäppchen um. Darin sind eine Scheibe Brot mit Käse und Himbeerbonbons. Wahrscheinlich hat er zum Abschied etwas Lustiges gesagt. Damit sie nicht traurig ist. Damit er nicht traurig ist.

Um ihren Hals hängt eine Karte mit ihrem Namen. Sie heißt wie die Freundin ihrer Mutter, die sich auf dem Dachboden erhängt hat. Veronika. Vroni. Vera. Sie hatte Angst vor den russischen Soldaten. Angst, vergewaltigt zu werden. Vera kennt keinen Dachboden. Nur den Hängeboden. Er ist zu flach, um sich dort zu erhängen. Es kann also nicht ganz stimmen, was ihre Mutter erzählt. Oder hat sie sich im Sitzen erhängt? Geht das?

Irgendwann müssen die Kinder auf einer Fähre weiterfahren. Im Heim werden sie gleich angeschrien. Damit sie immer artig sind. Sie kommen schließlich aus Berlin. Die Frau kann Berlin nicht ausstehen, das merkt Vera. Berlin ist Veras Heimat. Speziell Neukölln. Speziell das Haus, in dem sie geboren wurde.

Im Schlafsaal ist es ruhig und dunkel. Und kalt. Sie muss zur Toilette, aber das ist in der Nacht verboten. Sie schläft wieder ein und es wird schön warm. Dann wacht sie auf und hat Angst. Auch im Spielzimmer.

Sie weiß nicht, was sie anfassen darf. Zwei ältere Kinder zeigen auf Vera, als sie gefragt werden, wer das war. Eine Pferdekutsche aus Holz, eine Puppe, ein Frosch oder ein Feuerwehrauto aus Blech. Irgendetwas ist kaputt gegangen. Sie muss sich draußen auf den Gang stellen. Damit sie nicht noch mehr kaputt machen kann. Vielleicht. Sie denkt nicht darüber nach.

Der Arzt im Heim fragt, was sie mit ihr machen sollen. Sein Zimmer ist oben unter dem Dach. Er ist nett. Aber jedes Wort kann verkehrt sein. Frau Werner steht hinter ihr. Die Tante, die nicht ihre Tante ist. Er soll Vera Tabletten geben. Contergan oder so. Das bekommen jetzt viele Frauen, manchmal auch Kinder.

Ihr Vater kommt sie nie besuchen. Besuch ist verboten. Aber das weiß sie noch nicht. Bestimmt ist er froh, dass ich weg bin und er nicht die ganze Verantwortung für mich hat, denkt Vera.

Er kennt eine Frau vom Roten Kreuz. Sie wohnt bei ihnen in der Nähe. Wie alle erwachsenen Frauen hat sie kurze aschblonde Locken. Sie bringt ihn manchmal nach Hause, nachts, wenn er in einer Bar zu viel getrunken hat. Roxy Bar, Sansibar, Rote Laterne. Du musst besser auf ihn aufpassen, sagt die Frau mit ihrer rauchigen Stimme zu Vera und lacht, hart und laut. Am nächsten Morgen möchte er sterben. Er nimmt einen Kanten Brot und fährt zur Krummen Lanke. Dort will er sich an einem Baum erhängen. Vielleicht tut es mit dem Kanten weniger weh. Oder er kann dann nicht schreien. Weil er ja die Zähne zusammenbeißen muss, damit das Brot nicht runterfällt. Vera läuft schnell zu ihrer Mutti auf die andere Straßenseite und schaut ihr beim Kochen zu. Fragt, ob sie umrühren darf. Die Reichen sind schuld, sagt Marie. An allem. In dem Punkt sind sich ihre Eltern einig. Immer diese Reichen. Aber sie haben schöne Häuser, teures Geschirr und gute Manieren, sagt Marie. Die haben wir auch, denkt Vera, den Rest können wir kaufen. Irgendwann.

Marie fährt mit ihrer jüngsten Tochter nach Heiligensee, um sie abzulenken. Aber gerade als sie dort ankommen, versucht eine junge Frau, sich zu ertränken.

Sie möchte sterben, weil sie nicht sprechen kann, sagt Marie, das sind ganz arme Menschen, die nicht sprechen können.

Sie stehen zusammen mit der Gruppe von Menschen, die nicht sprechen können, und beobachten die Feuerwehrleute.

Bei einer Wanderung möchte sich Vera in die Tiefe stürzen. Etwas zieht sie nach unten. Dabei sind alle so nett.

Die Frau vom Roten Kreuz hatte die Idee mit der Insel. Vera hat an der Tür gelauscht. Obwohl sie nicht krank ist, darf sie ganz umsonst sechs Wochen Ferien an der Nordsee machen. Dr. Grossmann vom Hermannplatz bestätigt, dass sie die Kinderkur dringend braucht. Er ist gläubig, wie Marie, die sich im Krieg bekehrt hat. In demselben Krieg, in dem Maries erster Mann den Glauben verloren hat. Dr. Grossmann bringt Marie und Veras Geschwister mit dem Auto zur Gemeinde. Vor der Tür treffen sie sich. Vera geht in die Sonntagsschule. Dort lernt sie viel. Jesus liebt die kleinen Kinder. Gott ist die Liebe.

Marie singt oben, bei den Erwachsenen. Wenn nach der Erde Leid, Arbeit und Pein. Maries Lieblingslied. Veras Vater singt nicht mit, er sitzt neben Marie, einsam wie immer. Dann steht er auf und hält eine Predigt. Er hat immer so schön aus dem Leben gesprochen, sagt Schwester Wörtermann nach seinem Tod zu Vera.

Als Vera alt genug ist, um bei den Großen zu sitzen, schweifen ihre Gedanken bei den Predigten weit ab. Manchmal sogar bis in die letzte Nacht.

Viele Jahre später, ganz plötzlich, verspürt sie den Drang, sofort zu ihren Eltern fahren zu müssen wegen einer dringenden familiären Angelegenheit. Sie ruft Anya an, die auf die Kinder aufpassen wird, wenn Michael nicht zu Hause ist, und kauft ein Zugticket nach Berlin.

Ihre Mutter liegt reglos im Bett. Sie muss sich übergeben, sobald sie aufsteht.

Veras Vater sackt gleich am ersten Tag ihres Besuchs neben seiner Tochter zusammen, in einer Bankfiliale in der Karl-Marx-Straße, das Überweisungsformular für sein neugeborenes Enkelkind in Kalifornien noch in der Hand. Er hat darauf bestanden, selbst in der Schlange anzustehen. Er hat auch seinen Stolz. Eine junge Frau streicht über Veras Rücken. Ein Mann fühlt den Puls ihres Vaters. Er lebt noch, sagt der Mann. Sie sitzen neben ihr am Boden. Den Überblick hat sie schon lange verloren. Der Geschäftsführer schließt die Bank nach dem Tod ihres Vaters ab. Als er merkt, dass es ernst ist, weil eine Notärztin kommt. Vorher haben die Angestellten weitergearbeitet. Geld ist wichtig, gerade in einer Bank. Deshalb haben sie auch das Konto ihres Vaters gekündigt. Einnahmen und Ausgaben haben sich gedeckt. Er hat sich für die Bank nicht gelohnt. Das Gesetz wurde erst nach seinem Tod geändert. Jetzt hat jeder Mensch das Recht auf ein Bankkonto.

Abends, wenn ihre Kinder schlafen und Michael im Fernsehen Sport oder eine Diskussion mit angeblichen oder tatsächlichen Experten guckt, sitzt sie oft über einem weißen Blatt Papier am Küchentisch. Die fünf Meerschweinchen ihr gegenüber. Die beiden ersten hatten beim Kauf angeblich das gleiche Geschlecht. Aber plötzlich waren es fünf. Der Dackel, den sie von Michaels Mutter geerbt haben, liegt neben ihr auf der Küchencouch. Sie liebt alle, auch wenn sie nie Haustiere haben wollte. Besonders den Hasen, der für den Käfig viel zu groß ist und deshalb frei in der Wohnung und im Garten herumlaufen darf. Eines Morgens, als Michael und die Kinder Anne besuchen, liegt der Hase Hasi tot auf der Terrasse, das weiße Fell durchnässt vom Regen. Vera entdeckt einen Biss im Nacken, als sie ihn aufhebt und streichelt. Sie wickelt ihn in ein weißes Laken und beerdigt ihn, allein, am Rand des Gartens, hinter den Blumen. An einem trostlosen Sonntagvormittag. Sie ruft Michael in Berlin an und fühlt sich schuldig. Hätte sie doch besser auf ihn aufgepasst. Aber er bestand auf seiner Freiheit, auch wenn er sie nur in einem Tunnelsystem im Komposthaufen gefunden hat. Ihr jüngster Sohn ahnt alles und weint, noch bevor Michael zu Wort kommen kann. Als die anderen Tiere sterben, ist sie zum Glück nicht alleine. Michael geht mit allen zum Tierarzt, aber sie sterben trotzdem. Er vergräbt die toten Tiere im Garten. Sie halten kleine Trauerfeiern an ihren Gräbern ab, ihr jüngster Sohn besteht darauf. Er stellt Büchsen

16

mit Essen für Bonny, den Dackel, in den Garten und legt Heu für Hasi aus. Ihr ältester Sohn versucht, seine Gefühle für sich zu behalten. Weil sie so stark sind. Niemand soll sie sehen. Wir versuchen, nicht daran zu denken, sagt er zur Mutter eines Schulfreundes, damit er seine Ruhe hat. Damit sie aufhört zu fragen.

In einer Wochenendausgabe der Badischen Zeitung liest Vera, am Küchentisch, zum ersten Mal von den Kinderkuren. Bisher dachte sie, sie sei ein Einzelfall. Dass es nur an ihr liege. Dass sie anders ist. Dass sie sich manchmal merkwürdig verhält. Dass sie noch einmal nach Amrum reisen möchte, obwohl sie nie auf der Insel war. Sie liest Bücher über Amrum, von Annette Pehnt, von Else Ury. Mein Amrum. Aber es ist nicht ihr Amrum. Nesthäkchen im Kinderheim. Aber es ist nicht ihr Kinderheim. Else Ury, die Autorin der Nesthäkchen-Bücher, beschreibt eine nette Welt in einem netten Heim. Später wird sie in einem KZ ermordet.

Vera hat viele schöne Sachen mit zur Kinderkur. Ihre Mutter hat sie eingepackt, in einen kleinen braunen Koffer. Der Griff ist weich und lässt sich hin und her bewegen. Er ist das Schönste an dem Koffer. Innen ist der Koffer mit Stoff bezogen. Er hat auch ein Fach mit einer leichten Raffung. In dem Fach ist ein Papiertaschentuch. Ein weiches Taschentuch aus Papier! So etwas hat sie noch nie gesehen. Sie wird es nicht benutzen. Das Taschentuch ist ihr Geheimnis. Es ist von ihrer Mutti, die ihren gepackten Koffer abends immer neben ihr Bett gestellt hat und dann doch liegen geblieben ist, wenn nachts Fliegeralarm war. Sie lässt sich scheiden, als ihr erster Mann aus dem Krieg kommt. Ich allein bin schuld am Scheitern der Ehe, sagt sie zum Scheidungsrichter. Er ist im Krieg zu einem anderen Menschen geworden, sagt sie zu ihrer Tochter, nicht nur wegen des fehlenden Beins. Sie werden nie wieder arbeiten können, sagt der Arzt zu Marie. Ihr ist schon lange alles egal. Vera ist froh, dass der fremde Mann nicht ihr Vater ist. Dass ihre Mutter mit ihm keine Kinder bekommen konnte. Ein Architekt hätte sowieso nicht in ihre Familie gepasst. Und überhaupt!

Jetzt ist Marie eine geschiedene Frau. Deshalb sitzt sie in der Gemeinde weiter neben Hans, Veras Vater. Eine zweite Scheidung, es muss wohl an ihr liegen, dass es mit den Männern nicht klappt, würden die Leute denken. Aber sie denken wahrscheinlich sowieso nichts Gutes über Marie. Bestimmt wissen sie längst, dass Marie und Hans nicht mehr zusammenwohnen.

In dem Laden, in dem Marie Brot, Brötchen und Kuchen verkauft und sonntags auch Torten, kann sich Vera etwas Taschengeld verdienen. Marie hat bei ihrem Chef ein gutes Wort für ihre Tochter eingelegt. Als Kind hat Vera gerne in der Backstube mit der großen Badewanne und den gefliesten Regalen gespielt. Jetzt schneidet sie Torten in gleichgroße Stücke und packt sie vor den strengen Augen der Kundinnen ein. Erdbeersahnetorte, Herrentorte, Gefüllter Bienenstich. Oben auf dem Tresen stehen Schokoladenherzen und Bärentatzen, Schaumzuckerwaffeln und ein großes Glas mit Baiserschalen. Ihre Mutter strahlt Sicherheit aus. Sie hat es gelernt. Ihre Chefin ist aufs Land geflüchtet, als Bomben auf Berlin gefallen sind.

Du darfst den Laden jetzt ganz alleine weiterführen, hat sie zum Abschied feierlich gesagt.

Marie hat den Laden abgeschlossen, ihr Gesicht schwarz angemalt und sich im Kohlenkeller versteckt. Wegen der russischen Soldaten, die bei Emma nach *Frau zwei* gefragt haben. Nach

Marie, Emmas einzigem Kind. Emmas Mutter ist bei der Geburt gestorben. Deshalb wurde Emma zu einer reichen Familie gegeben.

Marie hat Angst, dass sie auch zu einer reichen Familie muss. Wegen Emmas Asthmaanfällen. Und weil Emma nicht gut auf die Reichen zu sprechen ist.

Und das wollen die feinen Leute sein, sagt sie oft voller Verachtung.

Emma hat Köchin gelernt und in Berlin Karl geheiratet. Ihre Bäckerei lief schlecht. Ausgerechnet New York sollte die Rettung sein. Karl wollte dort alles vorbereiten. Aber als Emma das Geschäft verkaufen wollte, kam die Inflation. Der Käufer hat das Geld zwar in Waschkörben gebracht, aber für die vielen Scheine hat Emma gerade noch einen Linoleumläufer bekommen. Mehr nicht. Karl ist mit seinem letzten Geld zurückgekommen. In Berlin ist er in die NSDAP eingetreten und hat wieder Arbeit als Bäcker gefunden. Die Kommunisten in der Nachbarwohnung hat er nicht verraten, auch nicht die Jüdin, die sich bei den anderen Nachbarn in einem kleinen Zimmer hinter dem Wohnzimmerschrank versteckt hat. Aber sie ist trotzdem gestorben. Denn sie durfte bei Fliegeralarm nicht in den Luftschutzkeller. Emma und Karl sind nach der Bombe in ihre Laube gezogen. Karl ist kurz nach Veras Geburt gestorben. Er hat noch einmal ein Geräusch von sich gegeben, als sie auf seine Brust gelegt wurde, sagt man. Emma betet später laut zu Gott wegen der Sachen, die sie, die wir, mit den Juden gemacht haben.

Als Vera den Tumor am Kopf hat und nach der Operation in der Uniklinik aufwacht, fliegen die Schwestern an der Decke herum. Immer zu zweit. Alles Zwillingsschwestern. Nur ihre Oberkörper. Dann schläft sie wieder ein. Alles wird gut, sagt der Arzt als sie kurz aufwacht, und er hat recht. Sie muss nur ein bisschen Geduld haben. Bald sieht sie ihn nicht mehr doppelt. Nur nach links sieht sie weiterhin ein bisschen doppelt. Das bleibt. Und die Angst vor der Dunkelheit. Michael sorgt dafür, dass immer ein Licht auf ihrem Nachttisch brennt. Michael ist ihr erster richtiger Freund.

Veras Vater hat auch etwas am Kopf. Splitter vom Krieg, von einer Bombe. Das ganze Blut! Ein anderer Soldat hat die Splitter mit einem Löffel aus seinem Kopf geschabt. Dann ist der andere gestorben. Seitdem hat ihr Vater Kopfschmerzen. Jeden Morgen nimmt er zwei Tabletten, die den Schmerz spalten sollen.

Kurz vor Kriegsende will er wieder nach Hause. Aber so einfach ist es nicht. Erst einmal lernt er das Lügen. Ich muss mich bei einer anderen Einheit melden, sagt er. Ich habe Befehl. Nachts läuft er los. Er orientiert sich an den Sternen. Mit Sternbildern kennt er sich aus.

Man muss immer wissen, wo der Ausgang ist, sagt er später, im Krankenhaus, zu Vera.

Die Männer sind in die Schule gekommen auf der Suche nach Jungen mit einer bestimmten Größe für die Kampfverbände der Waffen-SS. Wer sich nicht freiwillig meldet, ist ein Feigling, haben sie gesagt. Dann wurde er schikaniert. Sagt Marie. Er selbst spricht nie darüber. Vera weiß aber auch so, dass er sich schämt. Er weint, als sie einen Film über das Schicksal von jüdischen Kindern sehen, die zur gleichen Zeit wie er Kind waren und dann ermordet wurden. Die müsste man alle umbringen, die so etwas gemacht haben, sagt Vera. Er geht in die Küche und nimmt zwei Spalt-Tabletten. Sie sucht ihn. Er steht alleine im dunklen Flur.

Über seine Eltern weiß sie wenig. Sie sagen nie etwas, wenn sie sie besuchen und in ihrer kleinen Wohnung Kaffee trinken. Tante Rosa legt sofort einen Finger auf den Mund und zeigt auf die Wände, sobald jemand etwas sagen möchte. Die Erwachsenen streichen den Kindern über die Haare. Der Opa hat blonde Haare und blaue Augen. Die Oma ist müde. Sie sind nach dem Ersten Weltkrieg aus Polen gekommen und in dem kleinen Ort in Mecklenburg-Vorpommern hängen geblieben. Es ist nicht weit zur Ostsee. Bei jedem Besuch fahren sie ans Wasser. Die Erwachsenen weinen beim Abschied. Die Kinder sind ernst, weil die Erwachsenen traurig sind.

Marie versteht ihren zweiten Mann zuerst nicht. Aber die Sprache ist nicht das Problem. Das Problem sind die Splitter im Kopf. Man kann sie nicht sehen, aber sie sind immer da. Wie die Sterne auf der Postkarte über die Freunde.

Manchmal regt sich Veras Vater plötzlich über Kleinigkeiten auf. Völlig lächerlich findet sie ihn dann. Aber er kann nicht aufhören.

Veras Kinder haben schöne Namen. Schön wie die russischen Kinderfilme, die sie nachmittags zu Hause, bei ihrem Vater, sehen darf. Die Jungs sind kleine Helden, mutig und hilfsbereit. Sie haben kurze Hosen an und können schnell rennen. Weil sie jemanden retten müssen. Jemanden, der in Gefahr ist. In den Filmen ist immer jemand in Gefahr, wie im richtigen Leben.

Siggi war auch in Gefahr. In einem Folterkeller der Gestapo. Die Einzelheiten brechen plötzlich ab. Sie fehlen in dem Ordner mit seinen Erinnerungen und Anträgen. Er musste einen Mann operieren, ohne Narkose. Der Mann ist bei der Operation gestorben. Nach seiner Entlassung aus dem Folterkeller hat ihn jemand gewarnt. Er wäre gerne in Berlin geblieben, denn er hat Berlin geliebt. Seine Praxis lag in einem Armenbezirk. Anne, seine Tochter, kann ihm nicht verzeihen, dass er sogar ihre Lieblingspuppe an eine kleine Patientin verschenkt hat. Damals.

Gewarnt hat ihn kein kleiner Junge in kurzen Hosen, sondern ein Wachtmeister beim Friseur am Hermannplatz. Siggi, es wird Zeit, hat er leise gesagt. Beim Barbier, auf dem Stuhl neben ihm. Ein Pfarrer hat ihn bei der Flucht unterstützt. Die Dänen haben ihm bei der Flucht nach Schweden geholfen, als es in Dänemark für Juden zu gefährlich wurde. Nachts ist er auf einem Fischerboot nach Schweden gefahren worden. Deshalb heißt Michael mit seinem zweiten, seinem Rufnamen wie der damalige dänische König.

In Schweden arbeitet Siggi wieder als Arzt. Erst lernt er Dänisch, dann Schwedisch. Auf Deutsch schickt er Postkarten an seinen zukünftigen Schwiegersohn. Viele Grüße von Pappi, steht auf den Karten, mehr nicht. In Straßburg, wo er Martha, Michaels Oma, kennengelernt hat, sind jetzt auch die Nazis. An seine Eltern kann er sich nicht erinnern. Sie sind verbrannt, mit ihrem Gestüt, in der Nähe von Hannover. Das Medizinstudium in Straßburg hat sein Onkel bezahlt. Er hat ihn aufgenommen und ihm ein Leben in einer Familie ermöglicht, in der er wie ein eigenes Kind geliebt und gefördert wurde.

Martha hat Siggis Praxiseinrichtung so gut es ging verkauft und in ihrer Monatsbinde Brillanten über die Grenze nach Dänemark geschmuggelt. Vor seiner Flucht haben sie sich scheiden lassen. Seine Bücher hat er Annes Verlobtem geschenkt. Damit sie in der Familie bleiben. Die Nazis hätten sie sowieso verbrannt. Deshalb steht in Siggis Handschrift Friedberts Name in vielen Büchern, die Vera bei Michael findet. Bücher von Erich Maria Remarque, Gottfried Keller, Stefan Zweig, Rabindranath Tagore, Upton Sinclair. Im Westen nichts Neues. Der grüne Heinrich. Die Welt von gestern. Das Heim und die Welt. Petroleum.

Als Michael geboren wird, kehrt Siggi aus Stockholm zurück nach Berlin. Deutscher Staatsbürger möchte er nicht mehr werden.

Mein Opa war in einem KZ, aber er möchte nicht darüber sprechen. Er heißt eigentlich Rabinowicz. Sagt Michael wie zufällig, kurz bevor sie ihn das erste Mal besuchen. Siggi sucht gerade ein Paar Wiener, als sie in seiner Wohnung in der Bleibtreustraße ankommen. Sie helfen ihm suchen. Überall. Aber die Wiener bleiben verschwunden.

Kurz vor seinem Tod möchte Siggi noch einmal über den Kudamm fahren. Ein eigenes Auto hat er schon lange nicht mehr. Den Horch hat er vor seiner Flucht verkauft, den Fahrer musste er entlassen. Den Fahrer, mit dem er sich bei jeder Fahrt viel und gerne unterhalten hat.

Nach seiner Rückkehr aus Schweden lebt Siggi bei Anne und schläft auf der Couch im Wohnzimmer. Er ist nervös und unruhig und raucht viel. Bis eine Ader verstopft ist und ein Bein abgenommen werden soll. Kurz bevor die OP beginnen soll, schon im Fahrstuhl, steht er auf hört auf zu rauchen. Mit seiner neuen Freundin, Marthe, einer adligen Primaballerina, zieht er nach San Remo. In San Remo bekommt er wieder Sehnsucht nach Berlin.

Michael fährt mit ihm über den nächtlichen Kudamm. Siggi möchte noch einmal die vielen Lichter sehen. Den Käfer hat Michael von seiner Mutter zum Abitur bekommen. Im Auto erzählt Siggi plötzlich von früher. Im KZ hast du keine Freunde, sagt er. Michael sagt auch etwas. Aber Siggi hört nicht mehr zu. Er schaut in die Lichter am Kudamm.

Michael und Vera fahren auch oft zum Kudamm, nachts, mit dem Käfer. In der Bleibtreustraße halten sie an und essen Pizza vom Blech. Sie gehen ein paar Schritte und schauen hoch zu Siggis Wohnung, in der er gelebt hat, bevor er ins jüdische Altersheim in der Nähe vom Lietzensee gezogen ist und alles durcheinandergebracht hat.

Der Käfer bringt Michael und Vera in die Toskana und nach Rom, nach Prag und Budapest, Wien und Krakau. Mit ihrem ersten Kind fliegen sie nach Antalya; Adem, ein Freund von Michael, holt sie vom Flughafen ab. Sie wohnen in seinem Haus am Meer, in Kemer, einem kleinen Fischerdorf. Adem und Josef wollen aus dem Haus ein Hotel machen. Trotz der Hitze möchte das Kind mit dem schönen russischen Namen am Bach spielen und weint, als die Enten mit seinem Spielzeug davonschwimmen. Die Erwachsenen sitzen apathisch im Schatten.

Abends essen sie auf der Veranda eines Hotels, bei Musik von Billie Holiday. Vera kennt jedes Stück. Doch gerade als das Essen kommt, steht Adem auf, wegen seiner Allergie. Im Meer hört der Schnupfen auf und er kann wieder atmen. Aber er schwimmt weiter. Es ist so schön. Später stirbt er an Krebs. Die Frau, die das Mineralwasser, die Sigara Börek und den Salat bringt, strahlt Ruhe aus. Sie ist schön, sehr schön. Es ist warm, obwohl es schon dunkel ist.

Sie fahren weiter, nach Dänemark, Schweden und Norwegen, verbringen einen Sommer in einer Holzhütte an einem finnischen See, fahren nach London, Schottland und Cornwall, bis nach Land's End. Kalifornien, Griechenland und Rumänien, mit dem Flugzeug.

Manchmal fahren sie nach Freiburg, mit Anne, zu Marthas Grab. Sie ist kurz nach der Scheidung wieder in den Süden gezogen. An Berlin konnte sie sich nie gewöhnen.

Michael hat sie oft besucht. Einmal in der Woche trinkt seine Oma mit ihrer Schwester ein Kännchen Kaffee am Münsterplatz. Sie unterhalten sich in einer Sprache, die Michael nicht versteht. Aber er sitzt immer mit am Tisch. Im Sommer ist es warm unter dem Sonnenschirm und seine Gedanken wandern in alle möglichen Richtungen. Er war schon als Kind sehr schön, findet Vera, die die Schwarz-Weiß-Fotos von damals gerne anschaut.

Vera lernt Männer mit viel Geld kennen. Schweizer Hoteliers, griechische Reeder, amerikanische Unternehmer, deutsche Banker. Die Ägäis durchquert sie auf einer Luxusyacht, in Berghotels liegen dicke Teppiche, die jeden Laut verschlucken. Vor ihrer Tür findet sie teure Geschenke. Das Essen wird in Restaurants am Meer serviert; das Personal bringt neues Geschirr, allein, damit es vor die Bühne geworfen werden kann.

Beim Aufwachen weiß sie nicht mehr, wo sie ist. Ihre Mutter schwärmt von dem Bankier, der jeden Tag mit einem großen Rosenstrauß klingelt und nach Vera fragt. Sie weiß leider nicht, wo Vera ist. Aber wer bei einer Bank arbeitet, das weiß sie, hat immer Geld.

Sie schwimmt mit Michael im Wannsee, in der Havel, in norwegischem Gletscherwasser, im Pazifik. Er rettet sie, wenn sie nicht mehr kann, wenn ihre Kraft sie verlässt. Du musst immer auch an den Rückweg denken, sagt er, du darfst nur so weit rausschwimmen, wie du auch zurückschwimmen kannst.

Er ist stärker als sie, sie hängt sich an seine Schultern und er bringt sie sicher nach Hause, in ihr Motel bei Santa Barbara. Sie ist glücklich. Aber er macht sich Sorgen. Sie soll auch ohne ihn an den Rückweg denken, immer. Sie hat zwar nicht an den Rückweg gedacht, aber sie hätte ihn locker geschafft. Wenn nicht die

Strömung plötzlich so stark geworden wäre. Damit konnte nun wirklich niemand rechnen.

Kurz vor der mexikanischen Grenze lässt sie ihre Tasche auf einem Getränkeautomaten liegen. Sie hat Michael im Auto überredet, den Brustbeutel wegen der Hitze abzunehmen und in ihre Tasche zu legen. Dass sie die Tasche an einer Tankstelle vergessen könnte, an so etwas war nun wirklich nicht zu denken. Am Abend, als sie das Unglück bemerken und zurückfahren, ist die Tasche noch da. Jemand hat sie beim Sheriff abgegeben. Aber das Geld aus dem Brustbeutel fehlt. Michaels Eltern schicken Ersatz. Sie fahren zurück zu Veras Schwester nach San Francisco und suchen die Bank of America. Das Geld ist schon da. Die Reise kann weitergehen.

Nur einmal verreist sie alleine in ein fremdes Land. Mit der U-Bahn fährt sie zur Friedrichstraße. Sie hat einen Passierschein für einen Tag. In der Karl-Marx-Allee bestellt sie einen Schwedenbecher und beobachtet die Menschen. Vor der Tür des Cafés spricht sie jemand an. Er möchte sogar gleich heiraten. Weil er aus der DDR ausreisen will, möglichst schnell.

Blöde Votze, du bist ja frigide, ruft ihr der Mann, den sie nicht heiraten möchte, auf dem Alexanderplatz hinterher. Zu laut, zu plump. Vielleicht eine Falle, denkt sie und ist froh, als sie wieder zu Hause ankommt.

Ihr Zuhause ist jetzt eine WG in Charlottenburg. Jörn möchte die Welt verändern. Überall wittert er Nazis. Nur manchmal wundert sie sich darüber, dass er nie Zweifel hat. Aber meistens hat er recht, findet sie.

Der Vermieter klingelt, als die anderen nicht zu Hause sind. Er erzählt vom Krieg. Der blöde Krieg. Alle möchten jetzt mit ihr darüber reden. Aber nichts verändern. Dabei muss sich alles ändern. Überall diese Nazis. Überall Faschismus.

Es hat in unsere Wohnung geregnet, erzählt er, das Dach wurde weggebombt. Vera zeigt ihm alle Zimmer und erzählt, wer dort wohnt. Armin, Sabine, Claudia, Gudrun. Die Zimmer sind schön eingerichtet. Mit Schreibtischen aus Massivholz und dunklen Teppichen. Am Boden liegen Matratzen. In allen Zimmern stehen große Pflanzen. Der Vermieter weiß, dass nur Jörn einen Mietvertrag hat. Und Vera weiß, dass der Vermieter es weiß. Aber er mag sie, das merkt sie. Wenn ihr nicht die Fenster streicht, sagt er, fliegt ihr raus. Er redet viel über die Fenster, immer wieder.

Zum ersten Mal schaut Vera durch ihr großes Erkerfenster in die Wohnung gegenüber. Und sieht einen Mann, der ein Fernglas auf sie gerichtet hat und sich dabei langsam rückwärts bewegt. In der Nacht steht ein Polizist mit Maschinengewehr in ihrem Flur. Er schaut in alle Zimmer, dann geht er wieder. Sie schlafen weiter. Nachts sind sie müde, wie alle Menschen. Am Telefon erzählt sie einer Freundin von dem nächtlichen Besuch. Sie müssen darüber lachen. Ja, der Feind hört mit, sagt plötzlich wie aus dem Nichts eine lachende Männerstimme.

Du bist wirklich zu blöd, sagt Jörn am nächsten Tag zu Vera und schüttelt den Kopf. Einfach nur blöd. Wie kann man nur so naiv sein. Er spricht langsam und zieht jedes Wort in die Länge. Er schaut Vera an, als wäre sie krank, sehr krank. Wir müssen die Fenster streichen, sagt sie. Sonst fliegen wir raus. Eine Frau im Haus warnt sie vor Jörn. Er ist kein guter Mensch, sagt sie. Morgens steigen Veras Freundinnen von seinem Hochbett. Angelika, Daniela, Martina. Nur Monika nicht. Mit Monika trampt Vera in viele Länder, die meisten kennt sie schon, durch ihre Reisen mit Michael.

Jeden Tag besteigen Monika und Vera einen Berg rund um den Afritzer See. Bei einem Ausflug lernen sie den Förster kennen. Er nimmt sie im Auto mit, als der Regen immer stärker wird. Plötzlich merken sie, dass noch jemand im Auto ist. Seine Freundin. Sie ist traurig, weil sie sich immer verstecken muss. Weil er mit einer anderen Frau verheiratet ist. Sie unterhalten sich viel mit ihr. Aber sie möchte bei ihrem Förster bleiben. Sie liebt ihn.

Monika studiert Germanistik in Berlin und schreibt Tagebuch, statt politisch zu arbeiten. Deshalb soll sie ausziehen, findet Jörn. Sie beobachtet alles, sucht nach den passenden Wörtern und hat meist zerzauste Haare. Sie ist ein bisschen verschlafen, findet Vera. Aber deshalb soll sie ausziehen? Sie diskutieren viel, aber er setzt sich durch.

Irgendwann hat auch Vera genug. Von Jörn, von der WG, von allem. Mit ihrer Matratze klingelt sie bei Michael. Er wusste, dass sie eines Tages zurückkommen würde und macht sofort Platz für sie und ihre Bücher, Poster und Schallplatten.

Michael unterhält sich gerne mit anderen, aber er gibt wenig von seinen Gefühlen preis. Nur Extremisten kann er nicht ausstehen. Sie wollen vor allem extrem sein, sagt er, alles andere ist ihnen egal.

Manchmal, sehr selten, in der Nacht, wenn es dunkel und still ist und sie eng beieinander liegen, laufen Tränen über sein Gesicht. Vera wischt die Tränen vorsichtig von seinen Wangen.

Ich habe mir immer eine Tochter gewünscht, die Klavier spielen kann, sagt Marie eines Tages zu ihrer Tochter, als sie zusammen Kaffee trinken und die Stimmung genießen. Sie schauen sich einen Moment erstaunt an, dann prusten sie los.

Später bekommt Vera ein Klavier von einer Freundin ihrer Mutter geschenkt. Die Kinder der Freundin konnten sich nicht einigen, wer das Klavier nach ihrem Tod erben soll. Deshalb hat die Mutter es vor ihrem Tod verschenkt. Sie hat keine Ahnung, wo das Klavier ist, sagt sie zu ihren Kindern, welches Klavier überhaupt? Ihre Kinder streiten jetzt darüber, ob sie Demenz oder Alzheimer hat und wie sie am besten behandelt werden sollte.

Jeder Ton auf dem Klavier ist schön. Bei der Gitarre muss man die Saiten richtig herunterdrücken, damit die Töne nicht klirren. Sagt Schwester Schubert, die den Gitarrenchor in der Gemeinde aufgebaut hat. Aber die Gitarre ist jetzt nicht mehr wichtig. Die klaren Töne auf dem Klavier sind viel schöner. Jeder falsche Ton fällt sofort auf. Am liebsten spielt Vera das Lied von dem Vogel und der Mutter.

Aber irgendwann muss das Klavier gestimmt werden und ihr Vater kehrt wieder in ihre Gedanken zurück. Jemand empfiehlt einen bestimmten Klavierstimmer aus Frankreich. Aber statt über das Klavier redet der Mann nur über das Bild, das neben dem Klavier auf einer Staffelei steht. Das muss ein ganz feiner Mensch sein, der das gemalt hat, das sieht man an dem Pinselstrich, sagt er, und schaut das Bild lange an. Es gefällt ihm. Eigentlich mag Vera die Bilder ihres Vaters nicht. Dieses ist eine Ausnahme. Warum, weiß sie nicht. Aber der Himmel fehlt auch hier.

Der Himmel über Berlin, selbst wenn er meist grau und trostlos ist.

Plötzlich träumt sie von ihrem Vater. Mit einer großen Gruppe Menschen geht sie wie bei einer Prozession über eine hügelige Landschaft. Auf einem der Hügel liegt ihr Vater in einem Bett, um seinen Kopf ein Verband. Die anderen sehen ihn nicht. Er winkt Vera heran, mit entschuldigendem Lächeln, und sagt, dass Marie sich keine Sorgen machen soll, er muss nur am Kopf operiert werden.

Von Marie träumt sie öfter. Im Traum vergisst Vera immer wieder ihren Wohnungsschlüssel, es ist Nacht, sie hat große Angst, steht auf einem fremden U-Bahnhof, weiß nicht, wo sie wohnt und wie sie dorthin kommt. Sie möchte zu Marie flüchten. Aber ihre Mutter ist nicht wirklich da. Sie haucht etwas, es könnte *ja ja* heißen, vielleicht.

Auch Emma erscheint ihr im Traum. Vera weint, weil ihre Oma tot ist. Emma liegt auf dem kleinen Bett im Kinderzimmer. Veras Tränen fallen auf das Gesicht der Oma. Plötzlich öffnet sie die Augen und sagt etwas.

„Du glaubst doch nicht, dass ich wirklich tot bin", sagt sie.

Zwei Freundinnen und ein Professor in Berlin helfen Vera und sie kann schließlich ihr Studium und eine Weiterbildung beenden. Sie unterstützt jetzt Menschen, die sich verirrt haben. Verirrt in ein falsches Land, eine falsche Beziehung, einen falschen Beruf. Die irgendwann im Leben eine falsche Entscheidung getroffen haben und jetzt unter den Folgen leiden. Oder nicht mehr weiterwissen. Früher sah die Entscheidung vielleicht richtig aus.

In der Grundschule hat Vera nur Einsen auf dem Zeugnis, aber sie geht nicht gerne zur Schule, wegen der Ungerechtigkeit. *Wenig sorgfältig* steht in roter Schrift unter einem Notenblatt, das Vera beim Umzug in ihren Unterlagen findet. Was an den gleichmäßig aufgemalten Noten wenig sorgfältig sein soll, weiß sie nicht. Ihre Klassenlehrerin zieht eine Mitschülerin brutal am Ohr, weil sie nach Knoblauch riecht. Das Mädchen versucht zu lächeln. Gequält. Ein Lehrer genießt es, wenn er Jungs beim Rennen auf der Treppe erwischt und bestrafen kann. Yannick geht auch in ihre Klasse. Er rennt nicht die Treppen hoch und geht nach der Schule einen Umweg mit ihr, damit sie nicht an den frechen Jungs vorbeimuss. Er hat traurige Augen und sagt nie etwas. In der Klasse ärgern sich viele darüber, dass er am Samstag nicht zur Schule muss. Hinter seinem Rücken natürlich. Niemand sagt etwas dagegen bzw. für Yannick. Die anderen Schüler nicht, die Lehrer nicht, Vera nicht. Sie hat Angst vor den frechen Jungs. Sie schmeißen ihre Ranzen auf den Bürgersteig und prügeln sich, bis die Polizei kommt. Sie möchte nichts mit ihnen zu tun haben. Irgendwann zieht Yannick nach Israel. Sie ist jetzt die Beste in der Klasse. Aber er fehlt ihr. Und den Umweg muss sie alleine gehen, ohne ihn.

Der Vermieter der Wohnung, in der sie mit ihrem Vater gelebt hat, ist auch nach Israel ausgewandert. Er hat die schwere Haustür für sie aufgehalten, wenn sie am späten Nachmittag nach Hause gerannt kam, mit roten Wangen und immer aufgeregt wegen irgendeiner Kleinigkeit. Er hat sich dabei verbeugt, lächelnd, als wäre sie eine Prinzessin. Er ist in den kleinen Maikäfer verliebt, sagt Marie, die sie von gegenüber beobachtet. Sie versteht nicht, was Marie meint. Sie fühlt sich schon lange nicht mehr wie ein Maikäfer. Auch nicht wie ein Marienkäfer. Eher wie ein kleiner Mistkäfer.

Irgendwann verkauft der nette Vermieter das Haus. Er ist bewaffnet auf den Golanhöhen herumgelaufen, hat aber die Hitze nicht vertragen und ist bald gestorben, erzählt Udo, kurz und knapp, wie immer. Udo, der schlaksige Nachbarsjunge. Der Sohn von Tante Niczky, die Weihnachten für jedes Kind im Haus ein kleines Geschenk hat. Glitzernde Märchentaler, ein Portemonnaie aus hellblauem Plastik, Puppen so klein wie ein Finger.

Jeden Morgen fährt Udo mit dem Fahrrad und seiner alten braunen Aktentasche, in der er sein Mittagessen hat, zur Arbeit in Ostberlin. Als sie ihn besucht sieht Vera, dass die neue Hausbesitzerin die alten Klingeln aus Holz und Messing abgeschraubt und auch sonst alles Schöne mitgenommen hat; sogar die Fliesen und die Jugendstilfenster. Sie sind durch einfache ersetzt.

45

In der U-Bahn, kurz vor dem Hermannplatz, lernt sie Rainer kennen. Ob sie auch drauf ist, fragt er und lächelt dabei, als hätten sie ein Geheimnis. Sie geht ihn manchmal besuchen. Einmal klopft die Polizei laut an der Tür und ruft, wir wissen, dass du da bist. Wir müssen jetzt ganz leise sein, flüstert Rainer und lächelt sie entschuldigend an. Eine Studentin setzt sich in der Küche zu ihnen auf die Matratze und spricht mit ihr, einfühlsam und verständnisvoll, weil sie nicht mit ihm schlafen möchte. Er hat sie gerufen. Vera kann gut verstehen, dass er nicht zurück ins Heim möchte. Das ist alles. Rainer hat keine schönen Sachen, nur schöne Haare. Dunkelbraune Locken, den ganzen Kopf voll. Die Studenten-WG in der Sonnenallee hat ihn aufgenommen. Mit einem Vorhang haben sie ein kleines Stück von der Küche für ihn abgeteilt.

Ob sie mitkomme ins Musical „Hair", fragt er eines Tages. Natürlich hat sie schon davon gehört. Ihre Mutter fragt sie erst gar nicht. Aber auch ihr Vater sagt sofort nein.

Dass er dich überhaupt nachts schlafen lässt, es könnte ja passieren, dass eins deiner Haare dabei abknickt, sagt Rainer und lacht.

Die Nachmittage verbringt sie in dieser Zeit meist im Jugendclub, weil sie nicht gerne alleine ist. Im Jugendclub ist es schön warm. Sie ist fast immer als Erste da. Dann unterhält sie sich mit den Sozialarbeiterinnen und macht ihre Hausarbeiten. Nach und nach kommen die Kinder und Jugendlichen, die auch nicht gerne alleine sind oder denen es zu Hause zu eng ist. Sie kennt alle. Die meisten rauchen etwas oder schmeißen Trips ein, weil sie es anders nicht aushalten. Ab und zu gibt es eine Fete. Vera berauscht sich an der Musik. Jimi Hendrix, Julie Driscoll, Janis Joplin.

Eines Tages, bei einer Fete, tauchen plötzlich zwei neue Gesichter auf. Michael und sein Freund Jérôme. Sie wohnen in einer besseren Gegend und gehen meist in Diskotheken, die Eintritt kosten. Sie streunen durch den Jugendclub, auf der Suche nach etwas. Michael ist auf der Suche nach Vera. Das spürt sie. Sie stellt ihm ein Bein, um auf sich aufmerksam zu machen. Er gefällt ihr.

Sie gehen zusammen schwimmen, ins Kino, auf die Eisbahn. Mit ihm isst sie ihre erste Pizza. Neben ihm könnte sie ewig im Bett liegen, sogar wenn dabei sein Tonband mit der Weltraummusik läuft. Das Tonbandgerät steht auf seinem Wandklappbett. Wie die Band heißt, kann sie sich nicht merken. Sie soll raten. Beatles? Stones? Egal. Sie nimmt einen Bleistift und ein leeres Blatt Papier aus ihrer alten braunen Schultasche, die jetzt immer öfter neben seinem Bett steht, und zeichnet ihn, schlafend, weil er schön ist, weil sie ihn liebt. Er ist der schönste Junge der Welt.

Nur manchmal hat sie Angst, dass er es nicht ernst meint. Dann macht sie Schluss. Und er versteht nicht, was los ist. Anrufen darf er sowieso nicht. Weil ihr Vater dann gleich die Nerven verliert und anschließend den Hörer aufknallt. Ein Verrückter eben. Das könnte dir so passen, eine Jungfrau knacken und sie dann sitzen lassen, schreit er ins Telefon und seine schönen dunklen Augen funkeln gefährlich. Vera möchte vor Scham sterben. Weinend läuft sie die Karl-Marx-Straße entlang, Richtung S-Bahn, hinter ihr Michael, hinter Michael ihr wild gewordener Vater. Er weiß, dass er zu weit geht, aber er kann nicht aufhören. Warum nur. Er weiß es nicht.

Michael ist schön und hat wellige Haare. Und Wolljacken mit Reißverschluss und weiche Cordjeans. Das ganze Haus, in das er nach der Schule zieht, gehört Josef, seinem besten Freund. Michael hat viele Freunde. Aus der Schule, vom Volleyballverein, später vom Uni-Sport. Außerdem ist er schlau. Als sie ihm von dem Filmprojekt erzählt, in dem sie eine junge Frau spielen soll, die überall hingeht, aber nirgends hingehört, warnt er sie. In der Gegend wohnen viele Ex-DDRler. Wer weiß, was sie wirklich mit dir vorhaben, sagt er.

Michael besucht eine Privatschule. Seine Eltern halten nichts von den staatlichen Schulen. Mit der Religionslehrerin streitet er über die Frage, ob es einen Gott gibt. Es ist sehr unwahrscheinlich, meint er, ein allmächtiger Gott würde das alles nicht zulassen. Oder er wäre nicht allmächtig. Oder er ist allmächtig, aber dann wäre es besser, es würde ihn nicht geben.

Eigentlich müsste er die Schule verlassen, denn Zweifel an Gott sind an der Schule nicht erlaubt. Aber die Lehrerin mag ihn und er darf bleiben. Er ist so jung, denkt sie, so schön, und er wird sich bestimmt noch ändern.

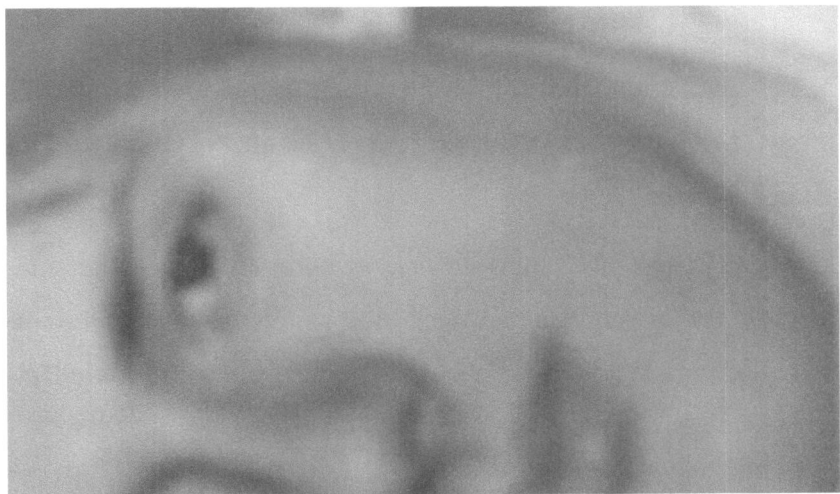

Jörn kämpft weiter für die Gerechtigkeit. Vera auch. Worin ihr Kampf besteht und für wen oder was sie ist, kann sie nicht genau sagen. Die Linken sind ihr nicht feministisch genug, die Feministinnen nicht links genug. Bei den Demos bleibt sie immer am Rand. Damit sie schnell weglaufen kann, wenn sie aus Versehen in den schwarzen Block geraten ist und die Polizei losschlägt. Aber sie will zeigen, dass sie nicht einverstanden ist. Sie geht auf viele Demonstrationen. Gegen die Todesstrafe, die Gefängnisse, die Atomkraft, den Paragraf 218, die Nazis, den Antisemitismus, den Rassismus, die Armut, den Reichtum, den Kapitalismus, die Unterdrückung der Frau, die Ungerechtigkeit generell. Und für Lohn für Hausarbeit.

Einmal ist sie die einzige Teilnehmerin. Jemand soll hingerichtet werden. Sie hat das Flugblatt gelesen. Einfaches Papier, DIN-A-5, verständlicher Text. Sie ist pünktlich in der Rankestraße. Es regnet. Der Verfasser schaut sie verzweifelt an. Niemand wird ihr Anliegen beachten.

Mit den Polizisten versteht sie sich, es könnten die Nachbarsjungen von früher sein. Ein bisschen blöd waren sie zwar schon immer. Richtige Wichtigtuer. Aber sie benutzt nie Wörter wie Bullenschweine, wenn sie von der Polizei spricht.

Sie streicht alle Fenster, dunkelgrün und weiß, matt und glänzend. Eigentlich ist ihr alles egal. Nur gerecht muss es sein. Deshalb möchte sie auch einen Jungen und ein Mädchen bekommen. Paul und Paula. Peter und Petra. Doch es kommt anders. Sie bekommt zwei Jungen.

Du hast Talent, sagt der Bundesjugendtrainer nach jedem Volleyballspiel zu ihr. Was immer das auch bedeuten soll. Eigentlich liebt sie nur Sportarten, die auch ohne Gegner auskommen. Laufen, schwimmen, Rad fahren. Volleyball ist eine Ausnahme. Volleyball ist gerecht. Es gibt keinen direkten Kontakt zum Gegner. Und die Position wird ständig gewechselt. Das gefällt ihr. Aber ausgerechnet beim Schmettern ist sie besonders gut. Man muss dabei den Gegner genau beobachten und eine Lücke treffen. Oder den schwächsten Spieler. Sport fängt für mich erst beim Wettkampf an, sagt eine Mitspielerin und lobt ihre Schmetterbälle. Vera findet sie ein bisschen blöd und tritt aus dem Verein aus. Sie wusste sowieso nicht, dass sie in einer Liga spielt und deshalb regelmäßig an Punktspielen teilnehmen müsste. Manchmal legt sie sich einfach auf den Stapel mit den graublauen Matten und schläft ein. Der Verein lässt sie in Ruhe.

Früher war sie mit ihren Schwestern in einem Turnverein, aber als sie einmal zu viel lachen, müssen sie sich an den Rand setzen, auf eine der langen schmalen Holzbänke, die es nur in Sporthallen gibt. Danach hatte sie keine Lust mehr auf den Verein und das langweilige Bockspringen.

Natürlich ist sie nur wegen Michael noch einmal Mitglied in einem Sportverein geworden. Er trainiert mit ihr auf dem Sportplatz, auch das richtige Abspringen beim Weitsprung. Sie springt immer vor oder hinter dem Brett ab, niemals direkt vom Brett. Man könnte die Weite der Sprünge auch ohne Brett messen. Das Brett ist nur eine Schikane, denkt sie. Wer lässt sich schon gerne schikanieren. Michael gibt sich mit solchen destruktiven Gedanken nicht ab. Er springt einfach vom Brett ab. Beim Sportfest fragen die Helfer, Sportstudenten, wie viele Punkte ihr noch zur Ehrenurkunde fehlen. Sie verrechnet sich um 0,5 Punkte. Sie will die alberne Urkunde sowieso nicht.

Zusammen laufen Michael und Vera über die Aschenbahn im Stadion, durch die Hasenheide und den Wald bei Lüchow, wo er eine Ferienwohnung in einer ehemaligen Mühle hat. Michael will immer Erster sein, das merkt sie. Aber er ist wirklich schneller als sie. Beim Sport gibt er alles, immer. Bis er den Motorradunfall hat. Zum Glück ist die Achse direkt vor einem Krankenhaus gebrochen, und zum Glück hat er ein Sportlerherz, sonst wäre er gestorben, sagen die Ersthelfer. Beidseitiger Pneumothorax. Querschnittslähmung. Wahrscheinlich. Er liegt bewusstlos eine Woche lang auf einer Art Bahre, überall an seinem Körper sind Schläuche. Irgendwann wacht er auf und sie darf zu ihm. Sie hat viel über das Leben und den Tod nachgedacht. Aber als er endlich neben ihr die Augen öffnet, redet er nur über seinem Durst und darüber, was er alles trinken wird, wenn er endlich wieder etwas trinken darf. Zunächst soll er einfach liegen bleiben und gar nichts trinken. Vorsichtshalber. Eine Bandscheibe liegt im Rückenmark. Das bedeutet Querschnittslähmung oder zumindest lebenslange Schmerzen. Die Bandscheibe liegt immer noch dort, aber sie verursacht weder Schmerzen noch eine Lähmung. Jedenfalls keine Querschnittslähmung und keine dauerhaften Schmerzen. In der Medizin gibt es eben nichts, was es nicht gibt, sagt sein Arzt. Michael muss viele Medikamente nehmen und bekommt Gelbsucht. Die Volleyballer aus dem Verein sprechen ab, wer ihn wann besucht, auch im Quarantäneflügel. Auf die geplante Motorradreise von Alaska nach Feuerland wird er nicht mitgehen können.

Dass er die Schlaftabletten sammelt, die er sich jeden Abend geben lässt, wissen sie nicht, aber dass es sehr schlimm für ihn sein muss, ahnen sie.

Wie beim ersten Mal. Als er immer Kopfschmerzen hatte. Sein Kopf sollte aufgemeißelt werden, unter der Schädeldecke wollten die Ärzte die Ursache finden. Die Patienten, die schon operierten, sehen merkwürdig aus und verhalten sich auch so. Einer begrüßt sie jedes Mal, wenn sie an ihm vorbeilaufen, als würde er sie zum ersten Mal sehen. Ein anderer fragt bei jeder Begegnung, ob sie schon im Gebüsch waren. Vera soll Michael helfen, sich das Leben zu nehmen, wenn er nach der Operation auch so wird. Das muss sie ihm versprechen, auf einem der vielen nachmittäglichen Spaziergänge durch die Wege der Anlage. Sie verspricht es. Sie würde im alles versprechen. Aber nur, um ihn zu beruhigen. Plötzlich, wie aus heiterem Himmel, sind seine Kopfschmerzen verschwunden und die Hirnströme wieder in Ordnung. Wahrscheinlich war es ein Blutgerinnsel im Gehirn, das sich von alleine aufgelöst hat, vermutet ein Arzt.

Nach dem Motorradunfall fährt sie jeden Tag zu ihm, mit dem Fahrrad. Du musst beim Fahrradfahren immer Blickkontakt zu den Autofahrern halten, sonst ist es in der Stadt zu gefährlich, sagt Marina, die vor ihrem Politikstudium Krankenschwester war. Sie erzählt viele gruselige Geschichten aus dem Krankenhaus. Am schlimmsten ist es beim Aufwachen für die Menschen, die einen Suizidversuch überlebt haben, sagt sie.

Die Schlaftabletten sind Michael beim Zählen auf den Boden gefallen. Der lange Draht, aus einem Kleiderbügel gebogen, reicht, um sie unter dem Bett zusammenzuschieben. Aufheben kann er sie damit nicht. Und sein Gipskorsett lässt kaum eine Bewegung zu. Die Frau, die jeden Morgen das Zimmer wischt, wirft sie achtlos in den Mülleimer. Michael ist beruhigt. Er hat befürchtet, dass sie ihn verrät. Aber sie sagt nie etwas. Wahrscheinlich würde sie sowieso niemand verstehen.

Dann fliegt Vera wieder nach San Francisco, zu ihrer Schwester. Sie liebt Kalifornien. Die Sonne, den Himmel, die Musik, die Wärme, die Motels, die Menschen, die Swimming-Pools. Dinge, die sie aus Deutschland nicht kennt. Amerika ist wie Deutschland, nur anders.

Die einzige Stadt, in der sie leben könnte, ist New York. Berlin und New York sind sich ähnlich. Sie fühlt sich zu Hause. In New York lernt sie Fred kennen, einen Regisseur aus Berlin. Eigentlich heißt er Friedrich, so wie sie eigentlich Veronika heißt. Bevor er Regisseur wurde, war er Soldat. Durch Berlin musste er nicht nach Vietnam. Er hat Ähnlichkeit mit ihrem Vater. Fred hat eine deutsche Mutter und einen mexikanischen Vater, aber er sieht sehr amerikanisch aus. Jedenfalls so, wie sie sich einen Regisseur aus New York in Deutschland vorstellen würde. Sie weiß nicht, warum sie sich zu ihm hingezogen fühlt. Fred sucht seinen Vater, der im Krieg als Soldat in Berlin war und dort Vater geworden ist, ohne es zu wissen. Als er ihn endlich findet, ist er tot. Er schickt Vera ein Foto von sich am Grab seines Vaters. Sonst schickt er immer Baby-Fotos. Er liebt Kinder. Sie sehen süß aus. Aber sie werden erwachsen und stellen Fragen.

Zuletzt hat er sich in eine Studentin aus seiner Regie-Klasse verliebt. Diesmal ist es die große Liebe, das habe ich im Gefühl, schreibt er, ungefähr alle zwei Jahre.

Vera erzählt ihm oft von Michael. Eines Tages sagt er, dass er Michael gerne kennenlernen würde. Aber sie möchte beide für sich behalten. Sie würden sich mögen. Und sich nicht verletzen wollen. Also erzählt sie Michael nichts von Fred. Irgendwann, sagt Fred, werde ich den Typ schon kennenlernen. Und lacht. Manchmal lacht er, wenn es eigentlich nichts zu lachen gibt. Wie der Dozent aus Berlin, mit dem sie ein Hotelzimmer in Athen teilt. Von der Akropolis sehen sie die Dunstglocke über der Stadt. Morgens essen sie Joghurt mit Honig und trinken griechischen Kaffee. Abends bestellen sie Pistazien und Whisky in einer Strandbar. Irgendwann will er nach Israel auswandern, wahrscheinlich nach Tel Aviv. Nachts im Hotelzimmer fragt er sie etwas, lächelnd. Es ist eher eine Feststellung. Du also auch. Aber in dem Döschen auf ihrem Nachttisch sind nur Anti-Baby-Pillen, keine Aufputschtabletten, keine Mittel gegen Panik und Traurigkeit. Die Männer erinnern sie an jemanden. Rainer. Rainer und sein Lachen über alles. Aber es gibt auch die, die nicht lachen.

In Österreich versucht eine Gruppe junger Soldaten, sie in ihr Auto zu ziehen. Einer sagt plötzlich, lasst sie doch. Und die anderen lassen tatsächlich los.

In Kalifornien erzählt ein Lastwagenfahrer von seiner indianischen Familie, sie ist beeindruckt. Dann fällt er im Redwood-Nationalpark von hinten über sie her. Sie wehrt sich, aber er ist stärker als sie. Sie sieht ihre Kamera durch die Luft fliegen. Plötzlich entschuldigt er sich. Und fährt sie nach Hause.

In Berlin hört sie nachts immer wieder Schritte hinter sich, sie kommen näher, gehen jeden Umweg mit. Einmal schafft sie es gerade noch, die Haustür von innen abzuschließen, bevor die Klinke heruntergedrückt wird.

In einer Kleingartensiedlung läuft ein Mann hinter ihr her. Er wird schneller, immer schneller. Sie auch. Er hat nicht damit gerechnet, dass sie schneller ist als er.

Ich tu dir nichts, ich muss nur auch hier lang, sagt jemand, der mit ihr aus der letzten U-Bahn gestiegen ist. Sie ist erleichtert.

Als sie nachts von der Arbeit nach Hause fährt, fühlt sie sich von einem ein Auto verfolgt. Sie denkt, dass sie es abgeschüttelt hat und will aussteigen. Plötzlich taucht das Gesicht des Fahrers neben ihr auf. Do you have a light, fragt er grinsend und hält eine Zigarette an die Scheibe. Sie bleibt im Auto sitzen und tut so, als

hätte sie ihn nicht gesehen. Er verschwindet. Doch im Heckfens-
ter taucht sein Gesicht wieder auf. Sie fährt durch Berlin, Handys
gibt es noch nicht, und überlegt, was sie tun soll. Eine Barfrau in
einer belebten Straße erlaubt ihr nicht, das Telefon hinter dem
Tresen zu benutzen. Sie steigt wieder in ihr Auto, Michaels Auto.
Und geht das Risiko ein. Er ist verschwunden, zum Glück.

Nur einmal, als sie von Neonazis umstellt wird, spät nachts, auf dem Nachhauseweg, kurz vor ihrer Wohnung, stellt sie sich tot. Es sind einfach zu viele. Auch junge Frauen sind dabei. Sie erkennen an der Kleidung, dass sie nicht zu ihnen gehört. Irgendwann kommt der Freund einer Freundin vom Taxifahren. Was machst du denn hier, fragt er erstaunt. Dann versteht er. Er stellt sich neben sie. In kleinen Schritten verlassen sie den Kreis. Die Neonazis lästern. Aber schlagen nicht zu. Es reicht ihnen, sie zu demütigen und lächerlich zu machen. Sie will nur noch nach Hause, in ihr Bett. Die Angst kommt erst später.

Ihre Physiotherapeutin rät ihr, immer dicht an alles heranzugehen und genau hinzuschauen. Wegen der Gleichgewichtsstörungen nach der Operation. Dicht herangehen und genau hinschauen, gar nicht so leicht, das meiste macht man doch aus Gewohnheit, weil man es als Kind so gelernt hat, denkt sie. Aber sie muss noch einmal neu lernen. Hinfallen tut jetzt mehr weh, weil sie viel größer ist als damals.

Ihr erstes Kind kommt hinter einem Vorhang zur Welt. Michael hält ihre Hand. In einem schönen Zimmer, mit einem großen Fenster über dem Bett, durch das die Sonne scheint. Ein Arzt fragt vorwurfsvoll, wer das vorbereitet hat. Eine Hebamme legt sich quer über ihren Bauch. Ihr Bett steht schräg nach oben zum Fenster hin. Ihr ist warm, sehr warm. Es ist ihr Geburtstag und heiß wie im Hochsommer. Michael besorgt ein feuchtes Tuch für sie und hält ihre Hand, als der Schmerz unerträglich wird.

Später fällt ihr ein, dass es hinter dem Vorhang kein Fenster gab und auch keine Sonne. Ihr Bett kann also nicht schräg nach oben zum Fenster hin gestanden haben. Es war auch kein Zimmer, sondern ein Abteil. Ihre Erinnerung verwundert sie.

Ihr erster Sohn auch. Er schenkt ihr ein Buch mit Tipps für schwierige Zeiten und fragt gezielt nach. Als sie nach seiner Geburt den langen Gang herunter zur Toilette läuft, wird sie ohnmächtig. Eine Frau, deren Sprache sie nicht spricht, schreit etwas, immer wieder, reißt ihre Beine hoch und ohrfeigt sie. Also doch in der Hölle, denkt sie erstaunt. Dann wacht sie auf. Und will zurück in die Ruhe und Dunkelheit, in die Zeit vor den Ohrfeigen.

Der Jüngste sitzt an ihrem Bett und weint, als er von dem Tumor, der Raumforderung hinter ihrem Kleinhirn, erfährt. Er kann nicht aufhören zu weinen, die Tränen laufen von alleine. Es ist so ungerecht, sagt er und weint weiter. Als wäre die Natur jemals gerecht gewesen.

Ihre Kinder wollen die Bücher von hinten nach vorne, von rechts nach links lesen, sie schreiben irgendwie merkwürdig und beim Sprechen machen sie viele Handbewegungen. Das ist das Jüdische, sagt Anne und lacht, sie wollten sogar meinen Mädchennamen als Familiennamen annehmen, weil sie sich auf keinen gemeinsamen einigen konnten, sagt sie, zündet sich eine Zigarette an und schaut Friedbert erwartungsvoll an. Aber er reagiert nicht. Er schaut aus dem Fenster.

Veras Vater möchte auch nichts sagen. Seit dem Krieg gibt er keinen Mucks von sich. Dann verhaften ihn die Russen. Seinen Führungsoffizier vom KGB erkennt er an der Stimme. Wegen der Scheinwerfer kann er ihn bei den Verhören nicht sehen. Vor dem Gefängnis bietet ihm jemand eine Zigarette an. Da erkennt er ihn wieder.

Erst kurz vor seinem Tod, im Krankenhaus, spricht er mit ihr. Sie soll es natürlich nicht weitererzählen.

In seinem Spind sind systemfeindliche Flugblätter gefunden worden, sagen sie. Er steht unter Spionageverdacht.

Nach den nächtlichen Verhören wird er entlassen. Jetzt soll er Kollegen und Familienmitglieder ausspionieren. Er flüchtet nach West-Berlin. Mit Politik will er nichts mehr zu tun haben. Sagt Marie.

Irgendwann darf sich die geteilte Stadt wieder Berlin nennen. Und wächst zusammen. Sagt Willy Brandt. Ein Vorbild von Vera.

Er hat nichts gemacht, sagt Tante Rosa. Dann kann sie nicht weitersprechen und muss ihre Tabletten nehmen. Sie glaubt weiterhin an den Kommunismus. Wie er, damals. Vera erkundigt sich bei verschiedenen Stellen. Der Familie kann man nicht trauen. Die Gefühle sind zu stark. Das weiß sie von sich selbst. Sie stellt Anträge bei der Wehrmachtauskunftstelle, beim Bundesarchiv, bei der Stasi-Unterlagen-Behörde, sie fragt im Rathaus und im Melderegister in seinem Geburtsort nach, beim letzten Arbeitgeber in der DDR, von dem er entlassen wurde, weil er nicht mehr zur Arbeit erschienen ist. Schließlich nimmt sie an einem Recherche-Seminar bei der Tochter eines bekannten Nazi-Verbrechers teil. Sie weiß alles und kommt trotzdem nicht weiter. Nirgends ist ein Vorgang über ihn erfasst.

Zum Einschlafen hat er für Vera oft ein Lied gesungen, von einem Jungen, der früh gestorben ist.

Erst jubeln sie dir zu, sagt Veras Mutter eines Tages, dann wollen sie dich hängen sehen. Vera versteht nicht, was sie meint. Manchmal findet sie ihre Mutter merkwürdig. Vielleicht möchte Marie sie warnen. Vielleicht befürchtet sie, dass sie Ulrike Meinhof bewundert, wegen der Gerechtigkeit und der Ungerechtigkeit, und überhaupt. Aber als Terroristin ist sie nicht geeignet. Du bist eine Null, raunt ihr jemand zu. Und hat recht, auch wenn er sich später dafür entschuldigt. Ihr tun fast alle Menschen leid.

Sie liest ein Buch von Anja Röhl. Röhl, den Namen hat sie schon einmal gehört. Bei Jörn. Er ist jetzt mit einer Ärztin verheiratet und wohnt in einem Eigenheim, das versöhnt ihn etwas mit seinem Schicksal als Arbeiterkind. Anja Röhl hat als Kind auf die Zwillinge von Ulrike Meinhof aufgepasst. Irgendwann verliert sie Ulrike aus den Augen. So etwas passiert. Die Zwillinge sind natürlich verärgert über ihre Mutter.

Veras Vater spricht nie darüber, dass sie seit der Kinderkur so still ist. Er weiß schon alles. Aus dem Brief. Er versucht sie aufzumuntern. Sie bleibt ernst. Wir verstehen uns auch ohne Worte, denkt sie. Nachts malt er und spielt Akkordeon, ab und zu geht er in eine Bar. Am Tag arbeitet er im Büro, manchmal auch im Geschäft. Dann geht sie ihn besuchen. Das Geschäft ist in Kreuzberg, nicht weit von ihrer Wohnung. Er steht hinter einem Tresen aus Holz, der oben eine Glasplatte hat. Er verkauft bunte Handtücher und Bettwäsche, Tischdecken und Taschentücher, Vorhänge und Stoffe. Die Stoffe liegen in dicken Ballen auf einem Extratisch, zusammen mit einer Tuchelle zum Ausmessen. Sie legt ihre Hände in die weichen Samtballen. Es ist schön warm.

Er ist kein Geschäftsmann, sagt Veras Mutter, er verschenkt alles und wir haben dann kein Geld. Vera verschenkt auch alles. Die Armen tun ihr leid. Sie gibt einem Putzlappenverkäufer Geld für ein Bahnticket nach Hause. Ein Engel, ich bin einem Engel begegnet, ruft er, und läuft Richtung Bahnhof.

Schließlich wird die Mauer direkt vor dem Laden gebaut und es ist endgültig aus mit dem Geschäft. Der Kompagnon verschwindet. Ihr Vater muss alleine für die Schulden aufkommen. Zum Glück besitzen sie nicht viel. Der nette Gerichtvollzieher findet keinen Gegenstand, unter den er einen Kuckuck kleben könnte.

In Schöneberg gibt es ein Geschäft, bei dem Hans einen Plattenspieler auf Abzahlung, ohne Schufa-Auskunft, für seine Tochter kauft. Er weiß, dass sie Musik liebt. Und er liebt seine Tochter.

Michael schenkt ihr ihre erste Schallplatte. Ihr Lieblingsstück heißt Peace Train.

Eines Tages, als Vera und ihr Vater nicht mehr nach Hannover fliegen, sondern mit dem Auto über die Grenze in Helmstedt fahren, sagt ein Vopo, dass sie ihm verzeihen, aber nicht vergessen können. Die Vopos gucken erst Vera, dann ihn an. Vielleicht denken sie, dass er immer noch Kommunist ist. Oder dass sie eine merkwürdige Familie sind. Jedenfalls, der „Zwangsumtausch" lohnt sich für Vera. Sie kauft viele Bücher, die sie an der Uni gebrauchen kann. Karl Marx, Karl Liebknecht, Ludwig Feuerbach, Friedrich Engels, Rosa Luxemburg.

Manchmal versuchen sie, ihn zu fangen. Sie habe lange dunkle Ledermäntel an, wie im Film. Du klatschst auch noch, wenn sie deinen Vater hängen, sagt er eines Tages zu ihr. Alle sind ein bisschen verrückt. Alle, bis auf Michael.

Michael liebt Musik. Vera hört die Musik auch. Weil sie ihn liebt, nicht, weil sie ihr gefällt. Immer wieder Weltraummusik, Sphärenklänge ohne jeden Trost. Sie liebt jetzt nur noch die Musik von Billie Holiday. Und schnelle Stücke zum Tanzen. Michael hat immer einen Plan, wahrscheinlich macht er die Pläne, wenn er in seiner Parallelwelt ist, seinem eigenen Universum. Er soll Arzt werden, wie Siggi. Aber er möchte lieber mit Schülern über Toleranz und Demokratie diskutieren. In der Didaktischen Akte soll er genau aufschreiben, was die Schüler, die SS, sagen werden. Das kann er nicht. Weil er es nicht wissen kann. Weil das niemand wissen kann. Er schließt die Akte und wird Redakteur bei einer Berliner Tageszeitung. Den darfst du nie gehen lassen, sagt der Chefredakteur zu Vera. So einen findest du nie wieder.

Am Gymnasium sind ihre Noten in Deutsch nur noch mittelmäßig, seit sie auf der Klassenfahrt weggelaufen ist und Michael sie mit seinen Eltern ausgerechnet an diesem Nachmittag überraschen wollte. Sie durfte dann trotzdem noch mitgehen und die Bauernfamilie besuchen, die seine Mutter gefunden und versteckt hat, nachdem sie sich auf der Flucht vor den Nazis die Pulsadern aufgeschnitten hat. Sie sollte sich für einen Einsatz im Ausland melden. Sie spricht nicht darüber. Nur einmal, viel später, als Vera sie fragt, ob ihr Vater und sie keine Verwandten haben. Alle ermordet, sagt sie, mehr nicht.

In dem Dorf ist gerade Schützenfest. So etwas Langweiliges gibt es in Berlin nicht. Es ist ein heißer Tag. Dein Kleid ist schön, sagt Anne zu Vera. Ihre Deutschlehrerin ist verärgert. Geh auf dein Zimmer, sagt sie, hoffentlich nimmst du wenigstens die Pille. Sie möchte, dass Vera sich entschuldigt. Weil sie nach dem Mittagessen weggelaufen ist.

Bestimmt hat sie nur Angst, dass ich schwanger geworden bin, denkt Vera, wenn Michael nicht gekommen wäre, hätte sie gar nicht gemerkt, dass ich weg bin. Ich bin ihr völlig egal.

Sie ist in dich verliebt, sagt Schiby, ein Mitschüler, merkst du das nicht? Er ist ein bisschen verrückt und niemand nimmt ihn ernst. Weil er immer nur an Sex zu denken scheint.

Wenn es um die Amerikaner oder um Michael geht, ist Veras Vater weiterhin ein bisschen verrückt. Michael ist ein Halunke und wird sie mit einem Kind sitzen lassen. Sie hat in seinen Augen nichts Besseres zu tun, als vor der amerikanischen Kaserne hin und her zu schwänzeln.

Er soll mich einfach in Ruhe lassen. Hat er wirklich gedacht, dass ich immer sein kleiner Maikäfer bleibe? In Wirklichkeit bin ich ein kleiner Mistkäfer. Denkt sie. Und möchte nicht mehr mit ihm sprechen.

Sie tanzt in dunklen Diskotheken. Es muss laut sein, damit sie sich zu Hause fühlt, damit sie alles vergessen kann.

Am nächsten Tag entschuldigt er sich. Nichts ist einfach. Sie ist verletzt und verzweifelt. Er auch. Sie gehen zusammen in eine Ausstellung in der Nationalgalerie. Er spricht über die Bilder. Die Schatten, die Perspektiven, die Farben. Dunkles Grün, helles Grün, Blaugrün, Graugrün, warmes Grün, kaltes Grün, Tannengrün, Neongrün, Giftgrün. Sie versteht nicht, was er ihr sagen möchte.

Im Krankenhaus, kurz vor seinem Tod, fragt sie sich, warum er nicht schon früher mit ihr gesprochen hat. Wahrscheinlich konnte er nicht. Sie hätte fragen können. Günter Grass oder Bernhard Heisig. Heisig, der Maler, ist zwar älter als ihr Vater, aber vielleicht haben sie sich gekannt. Vielleicht waren sie in der gleichen Einheit. Er hat sogar Ähnlichkeit mit ihm, findet Vera. Aber sie zögert. Alle, die sie fragen könnte, sind bekannt, prominent, und sie, ein kleiner Mistkäfer?

Dann sind sie tot. Antje Vollmer sagt etwas dazu und später Claudia Roth. Dass sie früher wahrscheinlich auf kein faires Publikum getroffen wären. Dass es unsere Geschichte ist. Zum ersten Mal interessiert sich Vera für die Literatur des knorrigen Autors. Sie liest *Beim Häuten der Zwiebel* und fühlt sich überrumpelt. Grass geht geschickt vor. Vielleicht hätte Vera bei seiner Hinrichtung geklatscht. Eher nicht. Wahrscheinlich wäre sie nur schneller erwachsen geworden.

Michael und Vera hören Grass im Theater am Schiffbauerdamm, sie dürfen in der dritten Reihe sitzen, obwohl sie keine Karten haben und das Theater überfüllt ist. Vielleicht soll in der Fernsehaufnahme keine Lücke zu sehen sein. Vielleicht haben sie das richtige Alter, nicht jung, nicht alt. Ganz vorne, in der ersten Reihe, sitzt seine Enkelin, er nickt ihr aufmunternd zu. 1963 war Grass auf dem Titelblatt des *Spiegel*, weil er schon damals ein Bestseller-Autor war und ein neues Buch geschrieben hatte, Hundejahre. Grass, steht in dem Artikel, war im Krieg *Luftwaffenhelfer, generationentypisch*. Jetzt ist es ruhig um ihn geworden, nachdem er beim Häuten der Zwiebel viel Aufregung verursacht hat.

Den *Spiegel* kennt sie von zu Hause, ihr Vater hat ihn abonniert, außerdem die *Berliner Morgenpost*. Marie regt sich darüber auf, wegen der Kosten. Mädchen-Comics findet er albern. Ein einziges Mal bringt er ihr ein Comicheft mit. Als Entschuldigung. Weil er kurz zuvor wieder einmal die Nerven verloren hat.

Die Bravo liest sie heimlich während der Schulstunde, unter dem Tisch, wo sie weitergereicht wird. Dr. Sommer ist der Einzige, der gewisse Fragen beantwortet. Und fällt ihr ein, als eine Mitschülerin verzweifelt von ihrem Stiefvater erzählt. Vera muss nachmittags gehen, bevor er nach Hause kommt. Dann muss Sylvia mit ihrem Stiefvater in ihr Zimmer gehen, die Speisekammer neben der Küche. Er macht Dinge mit ihr, die sie niemals ihrer Mutter erzählen dürfe. Weil ihre Mutter dann sehr verärgert über sie wäre, sagt er. Ihre Mutter kommt erst abends nach Hause, denn sie arbeitet in einem Kaufhaus. Dr. Sommer wird dir bestimmt helfen, sagt Vera. Man kann ihm schreiben, wenn man Probleme hat. Zum Glück hat Vera nie Probleme. Aber eines Tages will ein Lehrer nach der Stunde mit Vera sprechen. Ob sie Probleme hat, fragt er. Er weiß nicht, wie er ihre Aufsätze beurteilen soll. Er könnte sie mit sechs, mit eins oder gar nicht beurteilen. Vera kann ihm leider nicht helfen. Sie versteht nicht, was er meint. Sie schreibt immer, was sie denkt.

Die Menschen tun ihr leid.

Manchmal geht Vera an den Bücherschrank ihres Vaters. Wenn er nicht zu Hause ist. Er hat viele Bücher über *den Krieg*. Sie würden sich streiten, wenn er sie an dem Schrank sehen würde.

Das ist nichts für dich. Dafür bist du noch zu jung.

Aber sie fühlt sich alt genug. Sie weiß schon lange, dass es einen fürchterlichen Krieg gegeben hat und dass den Juden schreckliche Sachen angetan wurden.

Ihre Mutter hat nur zwei Bücher. Das Wort Gottes und *Die Frau als Hausarzt*. Dicke, abgegriffene Bücher.

Vera darf vor allem die Bibel lesen. Und Bücher über Mädchen, die kleine Abenteuer bestehen. *Die Frau als Hausarzt* interessiert sie noch nicht.

Im gleichen Jahr wie Marie stirbt Anne. Sie sind in die gleiche Klasse gegangen, haben sogar den gleichen Vornamen. Annemarie. Stellen sie bei einem Kaffeetrinken fest. Ach du bist die Anne? Und du die Marie? Sie verstehen sich gut, reden viel, schappern, sagt Anne dazu. Anne muss als sogenannter Mischling ersten Grades von der Schule abgehen. Sie wird Verkäuferin. In der Handelsschule, neben dem Haus, in dem Vera geboren wurde, lernen sie sich kennen. Anne arbeitet in einem kleinen Zigarettengeschäft. Dann muss sie wechseln, in ein anderes, noch kleineres Geschäft. Es wird immer schwerer für sie. Aber nach Schweden zu ihrem Vater will sie nicht, weil sie in Michaels Vater, Friedbert, verliebt ist. Er ist Ingenieur und auch nach dem Krieg ständig auf Reisen. Er hat ein Patent entwickelt und überwacht den Aufbau seiner Maschinen. Kurz vor Annes Beerdigung, im Auto, fängt er plötzlich an zu erzählen.

Es war ja keine Liebesheirat, sagt er. Es war eine Sandkastenfreundschaft. Wir haben gegenüber gewohnt, über der Alten Welt. Ihr Vater war mein Arzt. Er durfte eigentlich nur noch Juden behandeln, und die Kasse hat nichts mehr bezahlt. Irgendwann durfte er sich nicht mehr Arzt, sondern nur noch Behandler nennen. Dann ist er geflüchtet. Anne, habe ich da gesagt, wir müssen heiraten, damit dein jüdischer Name verschwindet. Wir waren

ja nicht alles Idioten damals. Liebe ist erst später daraus geworden.

Jetzt führt Putin Krieg gegen die Ukraine. Michael beschäftigt sich mit der Stromversorgung. Sie soll sicher sein. Er bestellt neue Sonnenkollektoren. Für den Notfall eine warme Decke für Vera. Sie ist eine Herausforderung für ihn, leicht zu durchschauen, aber unberechenbar.

Etwas Unwahrscheinliches, Unberechenbares, geschieht 1989. Mr. Gorbatschow, tear down this wall, hat zwei Jahre vorher ein amerikanischer Präsident an der Berliner Mauer gerufen. (Damit er es ungestört sagen konnte, musste Kreuzberg abgeriegelt werden.) Präsident Selenskyj hat in einer Videoansprache im Deutschen Bundestag an die Worte des amerikanischen Präsidenten erinnert. Die Deutschen sollen endlich den Himmel verschließen. Michael versteht Selenskyj.

Stop this war, Mr. Putin. Das ganze Blut! Und wer soll die vielen Splitter aus den Köpfen herausholen? Denkt Vera.

Michael fliegt nach Argentinien. Er möchte seine Enkeltochter kennenlernen. Vera hat jetzt viel Zeit zum Nachdenken, wie damals, bei den Predigten. Michael glaubt an nichts. Aber er ist auf alles vorbereitet. Hertha steigt sowieso ab. Wahrscheinlich. Aber Michael hat vorgesorgt. Er ist jetzt auch SC Freiburg Fan. Der Trainer ist nach dem damaligen König von Dänemark benannt. Vielleicht.

Fotos aus dem Archiv von Valie Ramm außer

S. 35 Frank Uhlich

S. 59 Vincent Ramm

S. 73 Natalie Probst

Über die Autorin

 1955 in Berlin geboren, zwei Kinder

Studium der Nordamerikanistik (Schwerpunkt Literatur) und Politikwissenschaft an der FU Berlin

Sängerin bei den *Tumbling Hearts* und Songschreiberin

Veröffentlichung bei Exile Records

Mitglied in der Literaturgruppe von Karlheinz Kluge, Gedichte und Kurzgeschichten in den Veröffentlichungen der Gruppe und der zweisprachigen, in Straßburg erscheinenden *Revue alsacienne de littérature*

Teilnahme an Schreibwerkstätten von Annette Pehnt und Karlheinz Kluge

Tätigkeit als Koordinatorin des auslandsorientierten Masterstudiengangs Kraftfahrzeugtechnik an der Hochschule Offenburg

Selbstständige Lektorin, vor allem bei ver.di, im Rahmen der Mindestlohnkampagne und eines 4-Jahres-Berichts

Beteiligung mit Gedichten an einer Woche der Sprache und des Lesens in Berlin-Neukölln

Arbeits- und Ausbildungsvermittlerin für Jugendliche in Berlin-Neukölln

Fallmanagerin in Freiburg im Breisgau

Nach einer Gehirntumor-OP 2019 Rückkehr zum Schreiben

Dank an Marga Niehus, meiner Freundin in guten wie in schlechten Zeiten.